CB069582

O fuzil de caça

Yasushi Inoue

O fuzil de caça

Tradução do japonês
Jefferson José Teixeira

4ª edição

Estação Liberdade

Título original: *Ryoju*
© Herdeiros de Yasushi Inoue, 1949
© Editora Estação Liberdade, 2010, para esta tradução

Preparação	Fabiano Calixto e Graziela Marcolin
Revisão	Rita Kohl
Editor adjunto	Leandro Rodrigues
Composição	B. D. Miranda
Ideograma na quarta capa	Hideo Tanaka, título da obra em japonês
Imagem de capa	*Falconing*. © Everett Kennedy Brown/ Corbis/ Latinstock
Editores	Angel Bojadsen e Edilberto F. Verza

CIP-BRASIL – CATALOGAÇÃO NA FONTE
Sindicato Nacional dos Editores de Livros, RJ

145f

Inoue, Yasushi, 1907-1991
 O fuzil de caça / Yasushi Inoue ; tradução do japonês Jefferson José Teixeira. – São Paulo : Estação Liberdade, 2010

Tradução de: Ryoju
ISBN 978-85-7448-178-4
1. Romance japonês. I. Teixeira, Jefferson José. II. Título.

10-0421.　　　　　　　　　　　　　　　CDD 895.63
　　　　　　　　　　　　　　　　　　　CDU 821.521-3

Todos os direitos reservados à Editora Estação Liberdade. Nenhuma parte da obra pode ser reproduzida, adaptada, multiplicada ou divulgada de nenhuma forma (em particular por meios de reprografia ou processos digitais) sem autorização expressa da editora, e em virtude da legislação em vigor.

Esta publicação segue as normas do Acordo Ortográfico da Língua Portuguesa, Decreto nº 6.583, de 29 de setembro de 2008.

EDITORA ESTAÇÃO LIBERDADE LTDA.
Rua Dona Elisa, 116 | Barra Funda
01155-030 São Paulo – SP | Tel.: (11) 3660 3180
www.estacaoliberdade.com.br

Sumário

Preâmbulo — 9

A carta de Shoko — 21

A carta de Midori — 47

A carta de Saiko (póstuma) — 73

Epílogo — 101

Preâmbulo

Na edição mais recente de *O companheiro do caçador*, pequena revista oficial de poucas páginas do Clube dos Caçadores do Japão, foi publicado um poema em prosa de minha autoria intitulado "O fuzil de caça".

Dizendo assim, pode parecer que possuo algum interesse pela caça, porém, por ter sido criado por uma mãe que detestava qualquer tipo de extermínio de seres vivos, até hoje nunca tive em mãos sequer uma espingarda de ar comprimido. Por acaso, o editor de *O companheiro do caçador* é um colega do tempo do colegial e, seja por um capricho momentâneo ou meramente para ser cortês e se escusar pela longa falta de notícias, pediu-me um poema em prosa para publicar na revista. Apesar da idade, ainda teimo em contribuir para as revistas das rodas literárias com obras de estilo pessoal. De todo modo, normalmente eu recusaria sem mais delongas a solicitação, por se tratar de uma revista especializada, com a qual não tenho nenhuma afinidade, e também porque o pedido do editor envolvia escrever algo relacionado à caça. Todavia, à época, um acontecimento casual incitara em mim uma inspiração poética sobre a relação entre o fuzil de caça e a solidão humana, e, pretendendo escrever algum dia sobre o tema, imaginei ser a revista um espaço propício para apresentar a obra. Assim, em uma noite de final de novembro, em que o frio noturno finalmente começara a se fazer sentir com toda força, sentei-me à escrivaninha até depois da meia-noite escrevendo um poema em prosa em meu estilo próprio, que no dia seguinte enviei à seção editorial de *O companheiro do caçador*.

Decidi transcrever o poema a seguir, pois acredito que esteja de certa forma relacionado às anotações que pretendo redigir doravante.

PREÂMBULO

Com um cachimbo de marinheiro pendendo da boca e seu cão setter correndo à frente, o homem pisava com suas botas de cano longo a relva gelada. Era o início do inverno e ele lentamente galgava a senda do monte Amagi, afastando os galhos dos arbustos ao passar. Sobre o cinturão de vinte e cinco cartuchos e o gibão de couro castanho escuro, quase negro, seria uma Churchill de cano duplo. O que o teria feito armar-se com um instrumento de aço branco, tão frio e luzidio, para acabar com a vida das criaturas? Por algum motivo me atraiu intensamente a figura alta do caçador de costas.

Depois disso, nas estações de trem das grandes cidades ou à noite, nas ruas agitadas, por vezes me surpreendo pensando em como desejaria caminhar como aquele caçador: lenta, calma, friamente... Nessas horas me recordo da paisagem ao redor dele. Não do monte Amagi e do frio do início de inverno, mas de um leito de rio branco e desolado em algum lugar. E um fuzil de caça polido e reluzente, pesando ao mesmo tempo sobre a solidão mental e física do homem de meia- -idade e irradiando uma beleza excêntrica e sanguinária, que nunca mostraria ao mirar uma criatura viva.

Ao folhear as páginas do exemplar onde fora publicado meu poema, enviado por meu amigo, me dei conta de como fora desatento. Só naquele momento percebi que, apesar de ter recebido o título convincente de "O fuzil de caça", minha obra estava em total desarmonia com a revista, opondo-se visivelmente a expressões como "ética da caça", "espírito esportivo" ou "passatempo saudável", que nela despontavam por toda parte. Notei que a página onde fora inserido meu poema em prosa constituía uma seção especial completamente isolada, como uma zona residencial restrita a estrangeiros. Desnecessário dizer que eu apresentava em minha obra a natureza intrínseca do fuzil de caça da forma como eu a depreendera intuitiva e poeticamente, e se por acaso exagerara ao fazê-lo, pelo menos isso fora intencional, e nesse ponto nenhuma razão eu teria para me menosprezar. Ao contrário, deveria sentir orgulho de mim. Se meu poema tivesse sido publicado em outra revista, obviamente não haveria nenhum problema, mas, estampado na revista oficial do Clube de Caçadores do Japão, cuja missão é divulgar a caça como esporte saudável e magnânimo, minha visão da caça seria considerada herética e, em menor ou maior grau, algo a ser evitado. Quando percebi isso, um sentimento de culpa me invadiu, imaginando como meu amigo certamente se constrangera com o manuscrito em mãos e como deve ter hesitado em publicá-lo, fazendo-o finalmente apenas para demonstrar sua enorme consideração e amizade por mim. Esperava receber manifestações de protesto de alguns membros do Clube de Caçadores; mas isso foi apenas um receio infundado de minha parte, e, por mais que o tempo passasse, não me chegava às mãos nem mesmo um cartão postal sobre o assunto. Felizmente ou não, minha obra recebeu dos caçadores de todo o país um tácito desprezo.

Ou, para ser mais exato, talvez ninguém a tivesse lido. Cerca de dois meses se passaram e eu já esquecera por completo o assunto, quando um belo dia chegou-me às mãos uma carta de um desconhecido de nome Josuke Misugi.

Li que certo historiador da Antiguidade comentou sobre os caracteres gravados em um monumento no monte Taishan que "se assemelhavam à luminosidade alva do sol após a passagem de um tufão", e não seria exagero afirmar que os caracteres da escrita de Josuke Misugi no grande envelope de papel branco que eu segurava davam exatamente a mesma impressão. Esse monumento foi destruído e hoje não resta sequer uma réplica dele, de modo que não é possível imaginar a nobreza do estilo de sua escrita. A enorme caligrafia de Josuke Misugi, que parecia querer saltar do papel, passava à primeira vista a impressão de ousadia, suntuosidade e fluidez, mas, ao ser contemplada com mais atenção, uma sensação de vazio brotava de cada letra, o que me fez lembrar da consideração do historiador sobre as letras gravadas nas pedras de Taishan. Misugi provavelmente segurou o envelope com a mão esquerda e deslizou de um só fôlego o pincel embebido de nanquim, observando-se no ritmo de seu traço algo distinto da maturidade, uma indiferença e uma ausência de expressão estranhamente frias. Em outras palavras, desde o início sua caligrafia não passava uma sensação agradável, se percebia nela claramente o orgulho peculiar do homem moderno e não a vulgaridade e sarcasmo comuns a um exímio calígrafo. De qualquer forma, a distinção magnífica dessa carta tão vistosa destoava da rude caixa de correio de madeira de minha casa.

Ao abrir o envelope, deparei-me com mais de dois metros de papel de carta chinês, contendo cada linha cinco ou seis imensos caracteres escritos em sua peculiar caligrafia.

"Tenho algum interesse pela caça e por acaso tive a oportunidade de ler recentemente seu poema em *O companheiro do caçador*", escreveu ele. "Desde pequeno sou uma pessoa desprovida de refinamento e alheia à elegância da poesia. Para ser sincero, jamais li um poema e, embora seja rude confessá-lo, esta foi a primeira vez que entrei em contato com seu nome. Porém, ler "O fuzil de caça" me provocou uma emoção há muito não experimentada." A carta começava mais ou menos dessa forma. Enquanto meus olhos percorriam essas palavras veio-me à mente meu poema em prosa, já de todo esquecido, e por instantes senti o coração angustiado, ao imaginar que estava finalmente recebendo uma carta de protesto, de um caçador deveras incomum. Entretanto, à medida que a leitura avançava, comecei a perceber que o teor da carta diferia por inteiro de minhas expectativas. Nela estavam escritas coisas completamente inesperadas. Josuke Misugi usava palavras gentis do início ao fim; no entanto, suas sentenças muito bem estruturadas denotavam um autocontrole e uma impassibilidade semelhantes ao estilo de sua caligrafia.

"Poderia o senhor imaginar que o personagem descrito em 'O fuzil de caça' não é outra pessoa senão este que lhe escreve? Creio que, no início de novembro, quando saí para a reserva de caça de Amagi, por acaso o senhor reparou em meu magro vulto em algum lugar do vilarejo ao pé da montanha. Meu setter malhado de branco e preto, treinado especialmente para caçar faisões, o Churchill, presente de meu professor quando eu estava em Londres, e até mesmo meu cachimbo predileto lhe chamaram a atenção, o que me deixa bastante embaraçado. Além disso, sinto-me ao mesmo tempo honrado e envergonhado por até mesmo meu estado de espírito, que infelizmente está longe de ser um estado de iluminação, haver sido usado em seu poema. Pela primeira vez senti-me admirado diante do discernimento incomum de uma pessoa especial como um poeta."

Tendo lido até esse ponto, procurei na memória a imagem do caçador com quem cruzei naquela senda estreita no interior do bosque de cedros, em uma manhã cerca de cinco meses atrás, em um vilarejo de fontes termais ao pé do monte Amagi, em Izu. Porém, nesse momento não pude evocar nada com clareza além da impressão vaga de seu vulto de costas, estranhamente solitário, que me atraíra o olhar. Não conseguia me lembrar de sua idade e muito menos de sua fisionomia, mas apenas do fato de ser um cavalheiro de meia-idade e alta estatura.

Aliás, não prestara nenhuma atenção especial àquele homem. O cavalheiro caminhando em minha direção com um fuzil de caça ao ombro e um cachimbo à boca diferia dos caçadores comuns por seu ar contemplativo, e essa imagem terrivelmente limpa no ar gélido da manhã de início de inverno me impeliu a voltar o rosto após sua passagem por mim. Ele se afastou da trilha pela qual viera para se embrenhar em um caminho muito íngreme, subindo lentamente rumo à montanha coberta de arbustos, passo após passo, como se receasse que suas botas escorregassem. Como descrevi em meu poema, segui-o durante algum tempo com o olhar, e por alguma razão seu vulto me transmitiu uma terrível solidão. Embora eu conhecesse o suficiente sobre cães para perceber que um maravilhoso exemplar da raça setter o acompanhava, não era minimamente familiarizado com a caça, e portanto incapaz de identificar o fuzil que esse caçador carregava ao ombro. Somente dias depois, fazendo uma rápida pesquisa para escrever meu poema, soube que Richard e Churchill são armas da mais alta qualidade, e acabei decidindo colocar em minha obra um fuzil de luxo de fabricação inglesa pendurado ao ombro do cavalheiro — por coincidência, era justamente aquele carregado por Josuke Misugi. Assim, mesmo o personagem do poema se apresentando dessa forma, não me entusiasmei, e o verdadeiro Josuke Misugi continuava para mim um desconhecido.

A carta dele prosseguia: "O senhor talvez suspeite de alguém que aborda repentinamente um assunto tão estranho, porém guardo comigo três cartas que recebi. Tencionava queimá-las, mas, depois de ler seu poema e conhecer o senhor, surgiu em mim inesperadamente o desejo de mostrar-lhe estas cartas. Eu as envio em envelope separado e peço apenas que o senhor as leia quando tiver tempo. Gostaria que soubesse o significado desse 'leito branco de rio' que eu contemplava. Que tolo é o ser humano por desejar a qualquer custo que outros o entendam. Apesar de jamais haver experimentado semelhante sensação, ao tomar conhecimento do interesse especial que lhe despertei, senti a súbita vontade de que o senhor ficasse a par de tudo. Peço-lhe que destrua as três cartas após lê-las. Acredito que foi pouco tempo depois de eu as ter recebido que o senhor notou minha presença em Izu. Entretanto, o fuzil de caça é um objeto imprescindível para mim desde que comecei a me interessar pela caça, há alguns anos, quando, diferentemente do homem solitário que sou hoje, inspirava respeito tanto na vida privada quanto na pública. Era isso que eu tinha para lhe dizer."

Dois dias após ter lido essa carta, chegaram outras três, do mesmo remetente da primeira: "Josuke Misugi, em um hotel de Izu." Eram cartas de três mulheres endereçadas a Misugi e, ao lê-las... não, evitarei expressar aqui o que senti após havê-las lido. Pretendo transcrevê-las abaixo, mas antes gostaria de acrescentar que Misugi pareceu-me um homem de posição relativamente elevada na sociedade, e cheguei a procurar seu nome nos registros de cavalheiros, assentamentos de nomes e outros, porém foi em vão. Deixo registrado, portanto, que ele provavelmente adotou um pseudônimo para se comunicar comigo. Ao transcrever as cartas, inseri o nome de Josuke Misugi nos locais onde claramente constava seu verdadeiro nome oculto sob grande quantidade de nanquim. Peço desculpas por ter substituído por pseudônimos todos os nomes dos personagens presentes no texto.

A carta de Shoko

୭୨

Prezado tio Josuke,

Três semanas já se passaram desde a morte de mamãe. Desde ontem não recebo visitas de pêsames e, com esse silêncio repentino na casa, a tristeza por mamãe não estar mais neste mundo pouco a pouco se torna real e começa a invadir meu peito.

Faltam-me palavras para agradecer toda a atenção que o senhor dispensou organizando o funeral, notificando os parentes, preocupando-se até mesmo com a ceia servida no velório e, por se tratar de uma morte incomum, dirigindo-se inúmeras vezes à delegacia de polícia em meu lugar. Como o senhor partiu logo depois para Tóquio a trabalho, espero que não esteja completamente exausto.

Mas, pelo que me disse, hoje já deve ter concluído seu trabalho em Tóquio e imagino que esteja agora contemplando a linda paisagem de Izu, com suas árvores variadas, que eu também recordo ser radiante, embora possua a fria melancolia das pinturas sobre porcelana. Tomara que o senhor possa ler esta carta durante sua estadia em Izu.

Gostaria que essa carta fosse do tipo que, depois de lida, lhe desse vontade de ficar agradavelmente ao vento com seu cachimbo na boca; não consigo de modo algum escrever uma carta assim. Já desperdicei folhas e mais folhas de papel de carta. Foi algo realmente inesperado. Muitas e muitas vezes refleti sobre o que escreveria nesta carta, pretendendo abrir-lhe meu coração e pedir sua compreensão, mas, ao tomar da pena, tudo o que tenciono dizer subitamente me pressiona... não, tampouco é isso. Na verdade, tristes pensamentos me atormentam, vindos de todos os lados, como ondas do mar de Ashiya em um dia de ventania, confundindo-me as ideias. Mesmo assim, seguirei escrevendo.

Tio, permita-me lhe dizer: estou ciente sobre o senhor e mamãe... Soube de todos os detalhes na véspera de sua morte. Li secretamente o diário dela.

Como seria penoso se eu precisasse dizer tudo isso diretamente ao senhor! Por mais que me esforçasse, creio que não sairia de minha boca nem uma única palavra coerente. Mas consegui colocar no papel. Não tenho medo nem horror. Apenas estou triste. A tristeza me entorpeceu a língua. Não é tristeza pelo senhor, por mamãe ou por mim. O céu azul que cobre tudo, a luz do sol de outubro, a cortiça da murta, as folhas de bambu se movendo ao vento, água, pedras, terra, toda a natureza diante de meus olhos, tudo se tinge com as cores da tristeza no instante em que faço menção de abrir a boca. Descobri que, desde aquele dia em que li o diário de mamãe, a natureza ao meu redor se tinge subitamente com cores da tristeza uma ou duas vezes ao dia ou, por vezes, cinco ou seis, como se o sol se escondesse por detrás das nuvens. Basta imaginar o senhor e mamãe para logo o mundo a minha volta se transformar por completo. Sabia que além do vermelho ou do azul, das trinta e poucas cores em uma caixa de pintura, existe a cor da tristeza, uma cor claramente visível aos olhos humanos?

Pelo que houve entre o senhor e mamãe compreendi que existe um amor que ninguém abençoa nem deve ser abençoado. Só os dois conheciam esse amor que os unia, ninguém mais. Tia Midori, eu e todos os parentes o desconhecíamos. Os vizinhos ao lado, os vizinhos em frente, nossos amigos mais próximos o ignoravam absolutamente, e de fato não poderiam saber dele. Com a morte de mamãe, apenas o senhor o conhece. Quando o senhor morrer, ninguém mais poderá sequer imaginar que um dia existiu no mundo esse amor. Até agora eu acreditava que o amor fosse algo claro e radiante como o sol, que deveria ser eternamente abençoado por Deus e pelos homens. Estava convencida de que o amor era algo que crescia gradualmente ao sabor de uma pura e contínua melodia, como um córrego de águas límpidas brilhando lindamente sob a luz do sol, formando ao vento inúmeras ondinhas delicadas e envolvido delicadamente pela relva, árvores e flores de suas margens. Como poderia imaginar um amor que não fosse banhado pela luz do sol, fluindo não se sabe de onde ou para onde, como um aqueduto subterrâneo, dissimulado nas profundezas da terra?

Mamãe me enganou durante treze anos. E continuou a me enganar até morrer. Jamais, nem em sonhos, eu poderia imaginar que existissem segredos entre nós duas. Ela costumava dizer que tínhamos apenas uma à outra no mundo. A única coisa que ela nunca me contou foi o motivo de ter se separado do papai, afirmando que eu só compreenderia quando me casasse. Desejava chegar logo à idade do casamento. Não porque quisesse saber o que acontecera entre eles, mas porque eu sabia como lhe era penoso guardar isso trancado no peito. De fato, foi para ela um suplício. E imaginar que ela guardava ainda outro segredo de mim!

Quando eu era pequena, mamãe costumava me contar a história de um lobo possuído por um demônio, que enganou um coelhinho. Como castigo, o lobo foi transformado em pedra. Mamãe enganou a mim, à tia Midori e a todas as pessoas deste mundo.

Ah, custo a acreditar! Que demônio monstruoso a terá possuído? Sim, só pode ser isso. Mamãe usava em seu diário a palavra "pecadores". "Eu e Misugi seremos pecadores", ela escreveu, "e já que seremos pecadores, que sejamos grandes pecadores." Por que não escreveu que estava possuída por um demônio? Coitada da mamãe, muito mais infeliz do que o lobo que enganou o coelhinho! Mesmo assim, não posso crer que minha doce mãe e o senhor, meu adorado tio, tenham decidido se tornar pecadores e, ainda por cima, grandes pecadores! Que triste o amor que para se manter necessita de grandes pecadores. Quando eu era pequena, alguém comprou para mim, num dia de festa no templo Shoten, em Nishimiya, um peso de papel com uma pétala de uma flor artificial vermelha encerrada num globo de vidro. Segurei-o e passei a caminhar, mas acabei começando a chorar. Sem dúvida ninguém compreendeu o sentimento que me fez chorar naquela hora. A pétala sem poder se movimentar, congelada no interior do vidro gélido, imóvel na primavera ou no outono, crucificada: ao imaginar essa sensação, me arrebatou uma súbita tristeza. Uma tristeza igual a essa renasce agora em meu coração. Ah, esse amor entre o senhor e mamãe, idêntico àquela triste pétala!

☙❧

Prezado tio Josuke,

O senhor deve estar furioso por eu haver lido às escondidas o diário de mamãe. Talvez tenha sido intuição, mas, na véspera do falecimento dela, pressenti subitamente que ela não se salvaria. Sua hora se aproximava. Ela deve ter sentido esse mau presságio. Como sabe, nestes últimos seis meses, apesar de febril, mamãe não perdeu o apetite, tinha as faces lustrosas e ganhara algum peso. No entanto, não pude deixar de perceber que nos últimos tempos suas costas, em particular as linhas que vão dos ombros aos braços, tinham uma aparência de solidão tão forte que me causavam um mau pressentimento. Na véspera de sua morte, quando fui ao quarto anunciar que tia Midori viera visitá-la, me surpreendi ao abrir casualmente a porta de correr. Mamãe estava sentada, o rosto voltado para o lado oposto, e vestia o *haori*[1] azul-acinzentado da região de Yuki com enorme bordado de cardos, que me dera por achá-lo já muito chamativo para ela. Este *haori* vivia guardado na cômoda, envolto em espesso papel *tatogami*, e durante muitos anos ela o tirara de lá pouquíssimas vezes. Não pude refrear uma exclamação de espanto.

— O que houve? — ela virou-se em minha direção, reagindo a minha surpresa com desconfiança.

— É que... — disse, mas de repente fiquei sem palavras, e no instante seguinte, sem que eu compreendesse o porquê do espanto exagerado, comecei a rir. Mamãe sempre fora apaixonada por roupas e não era raro ela escolher um de seus antigos quimonos vistosos para vestir, principalmente desde que adoecera. Talvez como forma de se alegrar, tornou-se um hábito diário tirar da cômoda quimonos intocados há anos e vesti-los, mesmo os que julgava vistosos demais. Contudo, quando penso naquele momento, realmente me surpreendi ao vê-la trajando o *haori*

---

[1]. Tipo de casaco curto, geralmente em algodão. [N.T.]

azul-acinzentado. Sem exageros, mamãe estava linda, simplesmente deslumbrante. Ao mesmo tempo, pareceu-me desolada como nunca a vira antes. Tia Midori, que me acompanhava, também exclamou "Que formosura!" ao entrar no quarto e por algum tempo permaneceu sentada em mudo deslumbramento.

Durante todo aquele dia não me saiu da mente a imagem das costas de mamãe cobertas com o *haori*, cuja sensação de desolada beleza parecia afundar em meu peito como um peso de chumbo gélido.

Ao entardecer, o vento que soprara durante todo o dia amainara, e eu e a criada Sadayo varremos as folhas espalhadas pelo jardim, recolhemo-las e pusemos fogo nelas. Decidi aproveitar para também fazer cinzas de palha para o braseiro de carvão de mamãe, e trouxe um feixe de palha que comprara havia alguns dias por um preço exorbitante. Mamãe, que permanecera sentada no quarto nos observando pela janela, saiu à varanda trazendo um embrulho envolto num lindo papel pardo.

— Queime isto também — pediu ela.

Perguntei-lhe do que se tratava. Primeiro ela disse com inusitada aspereza que não fazia diferença o que era, mas, após refletir um pouco, emendou serenamente:

— É um diário. Meu diário. Queime-o do jeito que está.

Depois de reforçar esta instrução, virou-se de costas e, como se fosse carregada pelo vento, foi-se embora pelo corredor com passos estranhamente instáveis.

Levou cerca de meia hora para que as cinzas da palha se formassem. Quando a última haste de palha ardeu numa grande labareda, transformando-se em fumaça roxa, tomei uma decisão. Peguei o diário de mamãe, subi para o meu quarto e escondi-o no fundo de uma prateleira. À noite o vento voltou a soprar. Contemplando da janela do andar superior o jardim iluminado pela lua terrivelmente branca, senti-me em uma praia erma nos confins do norte, e aos meus ouvidos os silvos do vento se assemelhavam ao quebrar das ondas. Mamãe e Sadayo se haviam recolhido bem antes, e apenas eu permanecia acordada. Empilhei cinco ou seis tomos pesados de uma enciclopédia para que a porta do quarto não fosse aberta de chofre e depois de fechar a cortina da janela (pois receava até mesmo os raios de luar que invadiam o quarto), ajustei a luminosidade do abajur e sob ele coloquei o caderno universitário — era o diário de mamãe, que eu havia retirado do embrulho de papel pardo.

෧෧

Prezado tio Josuke,

Imaginei que se perdesse aquela oportunidade nunca mais poderia saber sobre papai e mamãe. Até então, eu estava ingenuamente esperando meu casamento para saber algo sobre papai. Apenas guardara no fundo do peito seu nome, Reiichiro Kadota. Porém, havia mudado de ideia depois de ver mamãe de costas, à tarde, vestindo o *haori*. Em meu coração se instalou a triste certeza de que ela não se recuperaria da doença.

As razões que levaram mamãe a se separar me chegaram aos ouvidos em algum momento por intermédio de minha avó e outros parentes. Eu tinha cinco anos na época em que papai estudava pediatria na Universidade de Kyoto e morava com minha mãe, meus avós e as criadas na casa da família em Akashi, quando em certo dia de vento intenso em abril uma jovem apareceu para falar com minha mãe, trazendo um recém-nascido nos braços. Ao entrar na sala de estar, ela colocou o bebê no *tokonoma*[2], retirou a cinta do quimono e começou a vestir uma combinação que havia trazido em uma pequena cesta, para surpresa de mamãe, que voltava com o chá. Ela estava louca. Só mais tarde descobrimos que aquela criança mal alimentada dormindo sob as frutas vermelhas da nandina que ornavam o *tokonoma* era nada menos que o fruto do relacionamento entre papai e essa mulher.

Soube que o bebê morreu pouco tempo depois e a mulher, que tivera um distúrbio mental temporário, logo voltou ao normal e hoje vive feliz, casada com um comerciante de Okayama. Mamãe fugiu da

---

2. Nicho ligeiramente alteado que em geral abriga um objeto de arte ou um arranjo floral. [N.T.]

casa de Akashi e me levou com ela, e, algum tempo após esse incidente, meu pai, que viera morar com a família de mamãe após o casamento, acabou sendo obrigado a deixar a casa. Quando entrei para a escola feminina, minha avó de Akashi me confidenciou:

— Saiko foi intransigente. Não deveria ter sido tão dura.

Seriam os escrúpulos de mamãe que não lhe permitiram perdoar o erro de papai? Isso é tudo que sei sobre os dois. Até meus sete ou oito anos estava convencida de que meu pai morrera. Cresci acreditando nisso. E ainda hoje em meu coração ele está morto. Impossível imaginar esse pai real, dirigindo agora um grande hospital em Hyogo, a uma hora daqui, vivendo sozinho até agora. Mesmo que esteja realmente vivendo, meu pai há muito já não existe para mim.

Abri a primeira página do diário de mamãe. É tão chocante que a primeira palavra descoberta por meus olhos ávidos tenha sido "pecado". Sim, "pecado". Pecado, pecado, pecado, em uma caligrafia impetuosa, que nem parecia ser a dela. E abaixo dessa profusão de pecados acumulados, como se sofresse com o peso dessa palavra, lia-se apenas: "Deus, perdoe--me. Midori, perdoe-me." As demais palavras ao redor desapareceram todas, permaneciam apenas aquelas contidas nessa linha, como demônios vivos me encarando com seus rostos medonhos, prestes a saltar sobre mim.

Imediatamente, fechei o diário com força. Que instante terrível! Tudo ao redor silenciou, ouviam-se apenas os batimentos do meu coração. Levantei-me da cadeira, certifiquei-me de que a janela e a porta não se abririam, voltei à escrivaninha e com determinação abri novamente o diário. Senti que eu mesma me transformara em um demônio e li o diário até o fim, sem deixar escapar uma só palavra. Não havia uma linha sequer sobre papai, sobre quem eu tanto desejava saber, apenas palavras de uma grosseria inimaginável acerca do relacionamento de vocês, no qual eu não acreditaria nem mesmo em sonho.

Em alguns momentos a mamãe sofria, em outros se alegrava, rezava, se desesperava, por vezes decidia morrer. Sim!, muitas vezes ela pensou em cometer suicídio. Estava resolvida a morrer se eventualmente tia Midori descobrisse o caso entre vocês dois. Como imaginar que mamãe, que sempre conversava tão alegre e animada com tia Midori, pudesse temê-la tanto!

Segundo esse diário, mamãe viveu treze anos carregando constantemente a morte às costas. Em certas épocas, não havia anotações durante quatro ou cinco dias; em outras, anotava durante dois ou três meses seguidos, mas a cada página eu podia vislumbrar mamãe em constante embate com a morte. "Não seria melhor morrer? A morte não resolveria tudo?" Ah, o que a terá levado a escrever palavras tão desesperadas e levianas? "Quem está preparado para morrer nada tem a temer. Saiko, seja mais corajosa!" O que terá guiado minha doce mãe a gritar palavras tão indóceis? Seria o amor? Aquela coisa linda e resplandecente a que chamam amor? Em um de meus aniversários o senhor me deu um livro onde aprendi que o amor era uma mulher postada ao lado de uma linda fonte, nua, altiva, de cabelos longos, abundantes e luxuriantes a lhe envolver o torso, sustentando com as mãos os seios voltados para cima como botões de flor, mas, ah!, como devia ser diferente desse o amor entre o senhor e mamãe!

Desde o instante em que li o diário, tia Midori se tornou para mim a pessoa mais terrível do mundo. O sofrimento secreto de mamãe tornou-se meu. Ah, tia Midori, que certa vez beijou-me a face com os lábios apertados! Tia Midori, que eu adorava a ponto de não saber se adorava mais a ela ou à mamãe! Foi tia Midori quem, em comemoração a minha admissão no primeiro ano da escola elementar em Ashiya, presenteou-me com uma mochila estampada com uma grande rosa. Tia Midori, que na ocasião de minha viagem ao acampamento de verão de Yura, em Tango, me deu uma boia enorme em forma de gaivota. No segundo ano fui tremendamente aplaudida ao receber *O pequeno Polegar*, de Grimm, e foi tia Midori quem me fez ensaiar todas as noites, me dando até recompensas. E mais, muito mais. Em qualquer momento que relembre da infância, tia Midori está presente. Tia Midori, prima e melhor amiga de mamãe. Tia Midori, que, embora hoje apenas dance, era boa em *mahjong*, golfe, natação e esqui. Tia Midori, que fazia tortas maiores que meu rosto. Tia Midori, que surpreendeu a mim e à mamãe trazendo para casa um monte de coristas do teatro Takarazuka. Quando e por que tia Midori entrou em minha vida e na de mamãe tão jovial e com o ar alegre de uma rosa?

Se um dia tive algum pressentimento do que se passava entre o senhor e mamãe, foi uma única vez, há cerca de um ano. Estava indo à escola com uma amiga e, ao chegarmos à estação Shukugawa, da linha de trem Hankyu, percebi que esquecera o livro de exercícios de inglês. Pedi a minha amiga para me esperar na estação e voltei sozinha para pegá-lo, mas, chegando ao portão de casa, por alguma razão fui incapaz de cruzá-lo. Naquela manhã, a criada tinha saído e mamãe certamente estaria sozinha. Todavia, o fato de ela estar só por algum motivo me deixava apreensiva. Tive medo. Parada diante do portão, encarava os arbustos de azáleas, hesitando entre entrar ou não. Por fim, desisti de pegar o livro e voltei à estação onde minha amiga me esperava. Foi uma sensação estranha e incompreensível. Era como se, dentro de casa, um tempo próprio da mamãe tivesse começado a fluir assim que atravessei o portão para ir à escola. Sentia que, se entrasse em casa, mamãe se constrangeria e se entristeceria. Tomada por uma indescritível solidão, caminhei chutando pedras pelo caminho que margeia o rio Ashiya até chegar à estação e fiquei ouvindo desatentamente o que minha amiga me dizia, encostada no banco de madeira da sala de espera.

Foi a primeira e última vez que algo semelhante ocorreu. Todavia, sinto agora o quão horrível foi esse pressentimento. Ah, por que os seres humanos têm dentro de si coisas tão desagradáveis? Será possível afirmar que em nenhum momento tia Midori teve um pressentimento completamente infundado, assim como o meu? Sobretudo porque ela se orgulhava de seu faro mais apurado do que o de um cão perdigueiro para ler a mente de seus parceiros ao jogar cartas. Ah, tenho medo só de pensar. Mas isso certamente não passa de um medo sem razão e ridículo. Afinal, tudo está acabado. O segredo foi guardado. Não, na realidade foi para guardá-lo que mamãe morreu. É nisso que creio.

Naquele dia funesto, pouco antes de sua violenta agonia de dores, breve mas insuportável de se ver, mamãe me chamou e, com o rosto estranhamente calmo, à semelhança de um boneco de teatro *bunraku*, confessou-me: "Acabei de tomar veneno. Estou cansada de continuar vivendo... cansada."

Em vez de se dirigir a mim, sua voz curiosamente límpida, verdadeira música celestial, parecia falar com Deus por meu intermédio. Pecado, pecado, pecado: pude ouvir claramente as palavras empilhadas tão altas quanto a Torre Eiffel desabarem com estrondo ao redor dela, as mesmas que eu tinha lido em seu diário na noite anterior. O peso do edifício de muitos andares de pecado, sustentado durante treze anos, parecia esmagar e arrastar com ele minha exaurida mãe. Sentada em frente a ela como se estivesse presa ao chão, observando seu olhar fixo no nada, fui tomada subitamente por uma ira semelhante a um tufão soprado de um vale. Um sentimento parecido com a fúria. Uma emoção ardente, como se em mim fervesse uma indizível indignação contra tudo. Encarando seu semblante melancólico, disse: "É mesmo?"

Respondi apenas isso, brevemente, como se o caso não se relacionasse comigo. Ao dizê-lo, minha mente se tornou clara e fria, como se lhe tivessem jogado água. Então, com uma calma que surpreendeu a mim mesma, me levantei e, em vez de atravessar o quarto de tatames, avancei pelo corredor em L (foi nesse momento que escutei os gemidos curtos de mamãe sendo tragada pela morte), entrei no quarto ao final dele e telefonei ao senhor. Contudo, quem cinco minutos depois se precipitou rumorosamente pelo vestíbulo não foi o senhor, mas tia Midori. Mamãe exalou seu último suspiro segurando a mão de tia Midori, a pessoa de quem fora mais próxima e a quem mais temera, a mesma mão que colocou um pedaço de pano branco sobre seu rosto já insensível a sofrimentos e tristezas.

◎◎

Prezado tio Josuke,

A primeira noite do velório foi silenciosa, um silêncio impensável. Depois do entra e sai de tanta gente durante o dia — policiais, médicos, vizinhos —, quando chegou a noite, apenas eu, o senhor e tia Midori nos sentamos à frente do ataúde, calados como se escutássemos o som de um leve bater de águas. Cada vez que a haste de incenso chegava ao fim revezávamo-nos, um de nós se levantava para acender outra, orar diante do retrato de mamãe ou abrir silenciosamente a janela para renovar o ar. De todos nós, o senhor parecia o mais triste. Quando se levantou para acender o incenso, fitou o retrato de mamãe com um olhar imensamente calmo e em seu semblante triste surgiu um sorriso tênue e enigmático. Pensei várias vezes naquela noite que, por mais dura que tivesse sido a vida de mamãe, ela provavelmente foi feliz.

Tinha caminhado até a janela, por volta das nove horas, quando de repente comecei a chorar copiosamente. O senhor se levantou, pôs a mão sobre meu ombro por algum tempo e depois, sem dizer palavra, voltou para seu assento. Porém, naquele momento eu não chorava pela morte de mamãe. Fui tomada de assalto por um sentimento dilacerante ao recordar que, à tarde, em suas últimas palavras, mamãe não mencionara seu nome, e também por me perguntar por que havia sido tia Midori e não o senhor quem acorreu quando telefonei para lhes comunicar sobre mamãe. Senti pena do amor de vocês, que até no momento derradeiro precisou ser reprimido, como a pétala no peso de papel, crucificada no interior do vidro. Levantei-me, abri a janela e contemplei o céu frio e estrelado, sufocando um grito de tristeza. Mas quando pensei que o amor de mamãe estaria naquele momento subindo para aquele céu estrelado, quando imaginei que correria entre as estrelas desconhecido de todos, fui incapaz de me conter. Pensei que, comparada à profunda tristeza desse amor rumando alto para o céu, a tristeza pela morte desse ser humano a quem chamava de mãe era insignificante.

Quando tomei dos *ohashi* para comer o *sushi* da ceia, voltei a chorar violentamente.

— Seja forte. É duro não poder fazer nada para lhe apaziguar o espírito — consolou-me tia Midori, com uma voz tranquila e gentil.

Enxuguei as lágrimas e, ao erguer o rosto, vi que ela me olhava também com os olhos rasos d'água. Fitei seus lindos olhos úmidos e sacudi a cabeça em silêncio. Ela provavelmente não compreendeu meu gesto. Na verdade, chorava porque senti pena dela. Ao vê-la colocar o *sushi* em quatro pratinhos, o primeiro a ser dado em oferenda à mamãe, depois o meu, o do senhor e o dela própria, por alguma razão senti de repente que era ela quem mais merecia piedade, e esse sentimento me fez desabar em prantos.

Naquela noite chorei ainda outra vez. Foi quando vocês me sugeriram deitar no quarto adjacente, pois o dia seguinte seria longo. Por causa do cansaço do dia, adormeci assim que me deitei, mas logo despertei encharcada de suor. Olhei o relógio sobre a prateleira: cerca de uma hora se passara. O quarto contíguo, onde fora disposto o ataúde, continuava silencioso e nada se ouvia exceto o som eventual de seu isqueiro. Cerca de meia hora depois, o senhor sugeriu:

— Por que não descansa um pouco? Permanecerei acordado.

— Estou bem. Que tal ir o senhor?

Ouvi essa breve conversa entre o senhor e tia Midori, depois o silêncio retornou e por mais que o tempo passasse não foi quebrado. Sob as cobertas, solucei violentamente pela terceira vez. Desta feita, meus gemidos certamente não foram ouvidos por vocês. Chorava pela solidão, pela tristeza, pelo pavor. Os três estavam juntos em um mesmo cômodo: minha mãe já morta, o senhor e tia Midori. Vocês dois sentados em silêncio, imersos em seus próprios pensamentos. O mundo dos adultos me pareceu uma insuportável solidão, tristeza e pavor.

◎◎

Prezado tio Josuke,

Escrevi várias coisas sem nexo. Coloquei no papel, na medida do possível, o que me vai no espírito, pois quero que compreenda o pedido que lhe farei.

O que desejo é apenas isto: não quero mais vê-lo, nem à tia Midori. Impossível ser mimada pelo senhor puerilmente e insistir em meus caprichos com tia Midori, como antes de ler o diário. Quero escapar deste caos da palavra "pecado", que esmagou mamãe. Não tenho ânimo para dizer mais nada.

Deixarei Tsumura, meu parente de Akashi, cuidar da casa de Ashiya, e por hora voltarei a Akashi, onde pretendo abrir uma ateliê de costura ao estilo ocidental para garantir meu próprio sustento. No testamento que deixou para mim, mamãe sugere que eu o consulte sobre todos os assuntos, mas se ela soubesse como me sinto agora, certamente não teria dado esse tipo de conselho.

Queimei hoje no jardim o diário de mamãe. O caderno virou um punhado de cinzas, e, enquanto fui buscar um balde d'água para jogar sobre elas, um pequeno redemoinho acabou levando-as, juntamente com as folhas mortas.

Enviarei separadamente a carta de mamãe endereçada ao senhor. Eu a descobri quando organizava as gavetas da escrivaninha dela, no dia seguinte à sua partida para Tóquio.

A carta de Midori

༄

Josuke Misugi,

Ao escrever seu nome assim formalmente, apesar da idade meu coração palpita como se redigisse uma carta de amor (falo assim, mas ainda tenho 33 anos). Pensando bem, escrevi dezenas de cartas de amor nesses últimos dez anos, por vezes às escondidas, outras vezes abertamente, mas me pergunto a razão de jamais ter endereçado uma delas a você. Pensando sobre isso seriamente, sem brincadeiras, sinto uma estranheza inexplicável. Não acha isso curioso?

Certa vez a senhora Takagi (você a conhece: aquela que, quando se maquia, fica parecendo uma raposa), falando sobre os figurões que habitam a área de Osaka e Kobe, emitiu uma opinião extremamente rude sobre você: declarou que não o acha do tipo de homem que atraia as mulheres, que você ignora a delicadeza do coração feminino e que, mesmo se estivesse apaixonado por uma mulher, nunca seria capaz de despertar nela a paixão. Obviamente foi um comentário impróprio da senhora Takagi em um momento de leve embriaguez, não havendo pois motivo para se aborrecer, mas saiba que você de fato tem essas características. Antes de tudo, você é avesso à solidão. Não é nem um pouco melancólico. Seu rosto pode demonstrar tédio, mas nunca melancolia. Além disso, analisa as coisas com extraordinária clareza, sempre acreditando com firmeza serem suas ideias as mais corretas. Trata-se provavelmente de uma pretensa autoconfiança, mas quem o vê sente uma estranha vontade de sacudi-lo. Em outras palavras: para as mulheres você é insuportável, sem nenhum interesse como ser humano, e, por mais que elas se sintam propensas a se apaixonar por você, provavelmente acabarão se dando conta de que não valerá a pena.

Por isso, talvez seja absurda minha impaciência em tentar fazê-lo compreender esse sentimento estranho e inexplicável por não haver entre as minhas dezenas de cartas de amor sequer uma que lhe fosse endereçada. Mesmo assim, isso me parece realmente muito curioso. Deveria haver pelo menos uma ou duas delas endereçadas a você. Se pensar bem sobre isso, apesar de minhas cartas de amor não lhe terem sido dirigidas, eu redigi todas com a intenção de oferecê-las a você, e, se foram recebidas por outros homens, eu talvez não sinta grande diferença. Minha timidez inata teria provavelmente me impedido, como a uma moça virgem apesar da idade, de escrever cartas melosas a meu marido e por isso acabei escrevendo-as, uma após outra, para homens com os quais não sinto pudor. Possivelmente fosse esse o meu fado, uma má sorte inata. Ao mesmo tempo, essa má sorte também é sua.

O que estará fazendo?
Receando aproximar-me
E arruinar sua paz e calma
Mantenho-me afastada, a refletir.

No outono do ano passado compus esse poema sobre o que sentia ao lembrar-me de você em seu gabinete. Trata de uma pobre esposa preocupada em não destruir — e que não saberia como fazê-lo, mesmo que quisesse (ah, que baluarte impenetrável, maciço e intolerável é você!) — a serenidade com que você pudesse estar contemplando, por exemplo, um jarro branco da dinastia Li. "Mentirosa!", você poderá pensar. Mas, mesmo jogando *mahjong* até altas horas, conservo suficiente paz de espírito para pensar sobre seu gabinete afastado de vez em quando. Como é de seu conhecimento, esse poema infelizmente parece ter causado intranquilidade ao espírito do jovem filósofo e professor Tagami — jovem, mas que teve a ventura de na última primavera passar diretamente de monitor a professor assistente — por eu tê-lo deixado secretamente sobre a escrivaninha do apartamento dele. Naquela época foram publicados mexericos na coluna social de um jornalzinho qualquer, causando certo constrangimento a você. Há pouco escrevi que quem o vê sente vontade de sacudi-lo... Terá esse incidente conseguido mexer um pouco com você? Quem sabe?

Bem, toda essa tagarelice queixosa decerto só lhe aumenta o desconforto. Vamos entrar então no assunto mais importante.

O que acha? Se pensarmos bem, esse nosso relacionamento, conjugal apenas no nome, já durou bastante. Você não se sentiria aliviado se colocasse um ponto final nele de uma vez por todas? Certamente será doloroso, mas caso não tenha objeções, que tal fazermos isso? Vamos tomar as medidas necessárias para sermos livres perante a sociedade.

Agora que você se retira voluntariamente de seu trabalho em vários campos (ver seu nome entre os empresários expurgados foi algo realmente inusitado), seria a meu ver o melhor momento para você liquidar essa relação artificial. Explicarei brevemente o que desejo. Para mim bastaria receber as casas de campo de Takarazuka e Yase. Ultimamente venho traçando vários planos. A casa de Yase tem o tamanho adequado para mim e a região me agrada, por isso eu moraria nela e venderia a de Takarazuka por cerca de dois milhões de ienes, o que me permitiria viver o resto de meus dias. Este seria, por assim dizer, um capricho derradeiro, o primeiro e último pedido importuno de alguém que nunca antes dependeu de sua generosidade.

Apesar de ser uma solicitação súbita, não tenho no momento nenhum parceiro apropriado a quem possa chamar de amante. Portanto, não há por que se preocupar desconfiando que alguém se apoderará do dinheiro. Infelizmente até o momento não encontrei um parceiro que não me envergonhasse ter como amante. Uma nuca bem cuidada com o frescor do limão e quadris viris e imaculados como os de um antílope: raramente se encontra por aí um homem que satisfaça até mesmo esses dois requisitos. Infelizmente, o primeiro prazer que uma jovem esposa sentiu no passado, atraída por seu marido, é ainda hoje, dez anos mais tarde, algo assim tão forte.

Falando em antílopes, li uma reportagem em um jornal sobre um rapaz descoberto em pleno deserto sírio vivendo nu junto a uma manada de antílopes. Ah, que fotografia soberba! A frieza do perfil sob os cabelos desgrenhados, as pernas longas e esbeltas capazes de correr, diziam eles, a oitenta quilômetros por hora! Quando me lembro dele, até hoje me sobrevêm um ardor e palpitações incomuns. Poder-se-ia chamar de sábio aquele rosto, e de selvagem aquele porte. Aos olhos que vislumbraram aquele rapaz, todos os outros homens se mostram vulgares e tremendamente enfadonhos. Se houve um momento em que no coração infiel de sua esposa explodiram fogos de artifício, foi quando me senti atraída pelo rapaz-antílope. Quando imagino sua pele tesa molhada pelo orvalho noturno do deserto... não, antes disso, quando penso na limpidez de seu destino incomum, ainda agora meu coração se agita num desvario.

Cerca de dois anos atrás, fascinei-me durante um tempo por Matsushiro, pintor da nova escola. Ficarei um pouco incomodada se você der ouvidos às fofocas sobre este caso. Na época, quando você me olhava, havia em seus olhos um brilho estranhamente melancólico, semelhante sem dúvida à compaixão. Nada havia de que se compadecer! Mesmo assim, naquela época senti-me levemente atraída por seus olhos, Josuke Misugi. Apesar de não serem páreo para os do rapaz-antílope, eram certamente esplêndidos. Se você tinha olhos tão maravilhosos, por que não voltou seu olhar para mim? A habilidade de um homem não está só na força. Quando olhava para mim, você tinha os olhos de quem contempla uma peça de porcelana. Portanto, acabei por me tornar gelada como uma antiga porcelana Kutani. Sentia vontade de me sentar completamente quieta em algum canto; então, fui ao frio ateliê de Matsushiro para ser sua modelo. Porém, colocando de lado esse assunto, mesmo hoje admiro a visão que ele tem dos prédios. Apesar de imitar Utrillo, acredito que seja raro no Japão atual um pintor como ele, que desenha prédios sem graça, mas com um sentimento que consegue mergulhar dessa forma (e de maneira extremamente tênue) na melancolia da modernidade. Contudo, como ser humano ele não tem jeito. É um fracasso. Se você for nota 100, podemos atribuir a ele 65. Mesmo tendo talento, parece um pouco sujo e, a despeito de seu rosto bem-proporcionado, é lamentável que careça de elegância. Quando leva seu cachimbo à boca, seu rosto se torna ridículo e esnobe, como o de um artista de segunda classe cujas qualidades foram absorvidas por sua obra.

No início do verão do ano passado, me dediquei a mimar Tsumura, o jóquei da Blue Homare, a égua vencedora do prêmio do Ministério da Agricultura. Naquela ocasião, Josuke Misugi, seus olhos não foram de compaixão, mas brilhavam com um frio menosprezo cheio de perversidade. De início, ao cruzar com você no corredor, eu imaginava que as folhas verdes do outro lado da janela estivessem refletidas neles, mas percebi mais tarde que isso não passou de um engano crasso. Realmente foi um descuido. Se tivesse podido compreender o que lhe ia nos olhos, eu teria me preparado para fitá-lo com frieza ou com carinho! De todo modo, na ocasião, todos os meus sentidos estavam completamente embriagados pela beleza da velocidade, e sua maneira medieval de exprimir seus sentimentos nada tinha a ver com minha sensibilidade. Todavia, desejava lhe mostrar pelo menos uma vez o puro espírito de luta de Tsumura, pregado ao dorso da incomparável Blue Homare, ultrapassando, um por um, mais de uma dezena de cavalos de corrida na reta final. Se você visse pelos binóculos a pose momentânea daquela criatura séria e enternecedora (não me refiro à Blue Homare, mas a Tsumura, é claro), você enlouqueceria por ele.

Aquele rapaz de 22 anos com jeito delinquente por duas vezes bateu com vigor seu próprio recorde, apenas porque eu o observava pelos binóculos. Era a primeira vez que eu presenciava essa forma de paixão. Ávido por um elogio meu, esquecia-se completamente de mim ao montar a égua alazã, e se tornava um demônio da velocidade. Quanto a mim, na ocasião, era certamente minha maior alegria ver meu amor (afinal, era um tipo de amor) agitar-se por uma elipse de 2.270 metros com aquela paixão tão cristalina quanto a água. Não me arrependo de ter dado a ele três diamantes que escaparam intactos da guerra. No entanto, o charme do jovem cavaleiro se restringia ao momento em que estava montado sobre a Blue Homare, pois, ao descer do animal, era apenas um rapaz inculto, incapaz de apreciar suficientemente o sabor de um café. Ainda assim, sentia-me mais entusiasmada em caminhar ao lado desse rapaz lutador, imprudente e temerário, forjado no dorso de cavalos, do que em ter como companheiro o literato Senoo ou o degenerado esquerdista Mitani. Era apenas isso. Finalmente, apresentei-o a uma dançarina de dezoito anos de lábios um pouco proeminentes, a quem também costumava mimar, e cuidei até da cerimônia de casamento deles.

Empolguei-me com a conversa e acabei fazendo digressões. Mesmo me retirando para a casa de Yase, ao norte de Kyoto, obviamente reluto um pouco em me aposentar. Não pretendo viver no ócio. Deixo para você a tarefa de construir um forno e cozer tigelas de porcelana mas, quanto a mim, decidi plantar flores em Yase. Ouvi dizer que terei uma renda considerável se vendê-las em Shijo. Com uma criada idosa e uma nova, mais duas moças conhecidas, talvez consiga colher de cem a duzentos cravos. Por algum tempo o acesso de homens à casa estará proibido, pois estou um pouco cansada dos quartos com cheiro masculino no ar. Digo a verdade. Penso seriamente em recomeçar do zero, planejando minha vida de forma a encontrar a real felicidade.

Bem, você decerto se espantará com esse repentino pedido de separação, mas, ao contrário, o que lhe deveria causar estranhamento é o fato de isso não ter ocorrido antes. Fico com os olhos cheios de lágrimas ao voltá-los para o passado e me questionar como fui capaz de viver mais de dez anos com você. Fui rotulada por muitos de ricaça desajuizada, e provavelmente passamos a imagem de um casal estranho, mas não criamos com isso nenhuma grande ruptura social; por vezes até atuamos de maneira amigável como intermediários de casamentos, e chegamos até aqui. Creio que nesse aspecto mereço elogios seus, não acha?

Como é difícil redigir uma carta de despedida. Não quero que seja chorosa, nem direta demais. Gostaria de fazer um lindo pedido de divórcio sem nos magoarmos, mas uma estranha afetação surge em minhas frases. De qualquer modo, não importa quem a escreva, uma carta de despedida nunca será algo lindo. Sendo assim, escreverei uma carta arrogante e fria, como um pedido de separação deve ser. Permita-me escrever decididamente uma carta desagradável, que aumentará ainda mais sua indiferença por mim.

Aconteceu em fevereiro de 1934. Eu estava em um quarto no segundo andar do hotel Atami quando, por volta das nove da manhã, vi você caminhando de terno cinza por um penhasco logo abaixo. Isso aconteceu em um passado já tão distante que se anuvia em minha mente como num sonho. Ouça-me com o coração calmo. Como doeram meus olhos ao ver o *haori* com bordados de flores de cardo que a mulher linda e alta que o seguia de perto trajava. Não imaginava que minha intuição pudesse ter sido tão exata. Para confirmá-la eu viera balançando sem dormir no trem noturno que tomei na noite anterior. Como diz a velha máxima: "se for um sonho, acorde-me." Na época eu tinha vinte anos (a idade atual de Shoko). Foi um choque enorme para uma recém-casada que conhecia tão pouco da vida. Imediatamente chamei o *boy*, paguei a conta — não sem antes lhe dar uma explicação, ao ver seu rosto confuso — e, não suportando permanecer nem mais um instante naquele lugar, saí às pressas. Por algum tempo fiquei plantada na calçada diante do hotel suportando a dor pungente a queimar-me o peito, hesitando entre descer até o mar ou seguir rumo à estação. Comecei a descer em direção à praia, mas não caminhei nem cinquenta metros e estaquei novamente. Fiquei de pé contemplando o mar brilhante sob o sol de inverno, de um azul da prússia que parecia pintado com uma tinta nova, recém-saída do tubo. Depois, mudando de ideia, acabei dando as costas ao mar e peguei o caminho contrário, que conduzia à estação. Pensando bem, esse caminho continuou até hoje, aqui, neste lugar. Se naquela ocasião eu tivesse descido a trilha até a praia onde vocês estavam, certamente teria descoberto uma pessoa diferente da que sou agora. Porém, por sorte ou azar, não o fiz. Hoje, quando penso sobre aquela ocasião, vejo que foi a maior encruzilhada de minha vida.

Por que motivo não desci até o mar naquele dia? Outro motivo não havia senão meu sentimento inevitável de que eu era, comparada a Saiko, aquela linda mulher cinco ou seis anos mais velha do que eu, inferior em todos os aspectos: na experiência de vida, nos conhecimentos, nos talentos, na beleza física, na gentileza, no modo de segurar uma xícara de café, nas conversas literárias, na apreciação musical ou na maneira de se maquiar. Ah, essa minha humildade! A humildade de uma jovem recém-casada de vinte anos que só pode ser expressada nas linhas puras de uma pintura! Certamente já lhe aconteceu ficar imóvel ao entrar na água gelada do mar de início de outono, pois qualquer pequeno movimento intensifica a sensação de frio. Da mesma forma, eu também receava me mover. Se você me engana, eu também o enganarei: só muitíssimo mais tarde tomei essa resolução tão admirável.

Certa feita você e Saiko aguardavam um trem expresso para o interior na sala de espera para passageiros da segunda classe da estação de Sannomiya. Cerca de um ano havia se passado desde o acontecimento no hotel Atami. Nessa ocasião, eu estava no meio de um grupo de estudantes em excursão, radiantes como flores, e me perguntava se devia ou não entrar na sala.

Guardo até hoje impressa em minhas retinas a imagem de uma noite em que os insetos zumbiam alto quando permaneci parada em frente à casa de Saiko, diante do portão fechado hermeticamente como uma concha, a contemplar o segundo andar, de onde uma luz tênue escapava por uma fresta na cortina, sem saber se deveria ou não apertar o botão da campainha. Creio ter sido na mesma época da cena na estação de Sannomiya, mas não me recordo se era primavera ou outono. Perdi a noção das estações para essas lembranças.

Ainda há muitas situações análogas, que o fariam gemer se eu lhe contasse. E, no entanto, nada fiz. Mesmo no hotel Atami, não desci até o mar, nem mesmo naquela ocasião, nem mesmo naquela ocasião... É curioso que, quando inesperadamente a lembrança sufocante daquele pedaço de mar azul da prússia me vem à mente, a dor inflamada em meu coração, que até aquele instante a suportava com esforço para não enlouquecer, vem serenando pouco a pouco — como um papel fino que se arranca lenta e cuidadosamente.

Embora eu tenha passado por esse período de loucura, o tempo se encarregou de fazer com que tudo corresse perfeitamente entre nós. Você esfriou como uma chapa de ferro, e eu fiz o mesmo. Com a minha indiferença você se tornou ainda mais frio, e em consequência eu também, criando esse admirável lar de hoje, gélido como quando se tem os cílios enregelados. Lar? Não, nada tão tépido e humano. Creio que você concordaria ser mais apropriado chamar nossa casa de fortaleza. Se pensar bem, durante mais de dez anos, vivemos enclausurados nela, você me enganando e eu a você (mas a iniciativa foi sua). A que tristes transações o ser humano se entrega. Toda a nossa vida comum foi construída sobre os segredos que guardávamos um do outro. Ora com desprezo, ora com desagrado ou tristeza, você fingia não notar minha conduta imprópria. Eu costumava gritar da sala de banhos para a criada me trazer cigarros. Ao voltar da rua, tirava de dentro da bolsa o programa do filme e me abanava com ele. Seja na sala de visitas ou no corredor, não escolhia lugar para me maquiar com pó de arroz Houbigant. Após recolocar o fone no gancho, ensaiava passos de valsa. Convidei as coristas do Takarazuka para jantar e tirei fotos com elas. Joguei *mahjong* trajando um quimono acolchoado. No dia do meu aniversário obriguei até as criadas a usarem laços de fita nos cabelos e dei uma bela festa apenas para estudantes. Tudo isso eu fazia consciente de que o desagradaria. Porém, nem uma só vez você censurou severamente meus atos. Você se omitia. Portanto, nunca brigamos. A fortaleza permaneceu serena, e apenas o ar dentro dela era estranhamente frio, áspero e árido como o vento do deserto. Se com seu fuzil de caça você mirava faisões e rolas, por que não atirou em meu coração? Se me enganava, por que não o fez com mais crueldade e até o final? Até pelas mentiras contadas por um homem uma mulher pode se transformar em deusa.

Todavia, pensando agora, suportei esse tipo de vida durante mais de dez anos porque nossa relação algum dia teria uma conclusão. Algo acontecerá, alguma coisa vai ocorrer! Havia em meu coração essa expectativa vaga, mas persistente. Só me ocorriam duas possibilidades a respeito de como essa conclusão se daria: ou eu me aconchegaria em seu peito e cerraria calmamente os olhos, ou então, com o canivete que você me trouxe do Egito, eu apunhalaria com toda a força seu peito e faria jorrar seu sangue até a última gota.

Afinal, qual dessas possibilidades crê que eu desejaria? Sinceramente, nem eu sei.

Bem, terá sido há uns cinco anos? Aconteceu o seguinte. Será que você se lembra? Creio que foi quando você retornou do sul da Ásia. Eu tinha passado dois dias fora e voltei para casa à tarde, levemente embriagada e cambaleante. Tinha certeza de que você tinha ido a Tóquio a trabalho, mas por alguma razão você já havia voltado e limpava seu fuzil sozinho na sala. Eu disse apenas "estou de volta" e fui me sentar no sofá da varanda, de costas para você, aproveitando a brisa refrescante. O toldo da mesa de jantar externa fora preso ao beiral do telhado e a porta de vidro da varanda refletia como um espelho o interior do aposento, e eu via sua imagem limpando com um pano branco os canos do fuzil. Cansada e irritada após me divertir, eu caíra em uma horrível languidez que me impedia de mexer um dedo sequer, mas, mesmo assim, maquinalmente acompanhei com os olhos seus movimentos. Terminada a limpeza dos canos, você reinseriu a culatra lindamente polida, e, depois de baixar e erguer a arma duas ou três vezes, colocou-a no ombro. Mas quando pensava que ela continuaria lá, parada, eu o vi fazer pontaria com um olho semicerrado. Quando dei por mim, o fuzil mirava claramente as minhas costas.

Será que ele vai disparar contra mim? Ainda que o fuzil estivesse descarregado, interessou-me bastante ver se você tinha ou não a intenção de me matar. Fechei os olhos fingindo nada perceber. Onde teria mirado: o ombro, a cabeça, a nuca? Esperava impaciente ouvir o estampido do gatilho reverberando friamente no ar calmo do aposento. Porém, por mais que o tempo passasse, o gatilho não soava. Se tivesse ouvido o som naquele instante, eu estava preparada para fingir um desmaio, como algo que há anos estivesse preparado, uma motivação para a vida inteira.

Impaciente, abri lentamente os olhos, e você continuava a mirar. Durante algum tempo permaneci na mesma posição, mas por qualquer motivo senti-me de súbito completamente ridícula e me movi um pouco para fitá-lo diretamente, ao invés de ver apenas sua imagem no espelho. Então você depressa desviou o fuzil de mim, mirou os rododendros do jardim transplantados de Amagi, que floresceram naquele ano pela primeira vez, e afinal o som do gatilho ecoou. Por que naquela hora você não disparou contra sua infiel esposa? Eu bem que merecia levar um tiro naquele momento. Você queria me matar, mas não puxou o gatilho! Se tivesse puxado, se não tivesse perdoado minha infidelidade, se tivesse atirado seu ódio de maneira clara em meu coração, eu tombaria inesperada e docemente sobre seu peito. Ou talvez, ao contrário, eu teria lhe mostrado minha habilidade no tiro. De qualquer modo, como nada disso aconteceu, afastei os olhos dos rododendros que me substituíram e, com passos mais cambaleantes do que o necessário, retirei-me para meu quarto cantarolando *Sous les toits de Paris* ou outra canção qualquer.

Depois disso, muitos anos se passaram sem um fato que conduzisse a um daqueles desenlaces que previ. No verão deste ano as flores de resedá exibiram um rubro intenso jamais visto. Eu sentia uma espécie de leve expectativa, achando que talvez algo incomum pudesse ocorrer...

A última visita que fiz a Saiko foi na véspera de sua morte. Nesse dia, revi inesperadamente o mesmo *haori* que naquela manhã, em meio aos raios de luz brilhantes de Atami, se imprimira como um pesadelo em minhas retinas. O *haori* de flores de cardo roxas flutuando grandes e nítidas, pesando sobre os ombros frágeis daquela mulher um pouco abatida que lhe era tão preciosa. Entrei no quarto e me sentei, exclamei "Que formosura!" e procurei conter minha emoção, mas ao pensar sobre o que a fizera usar o *haori* bem diante de mim, senti por todo o corpo meu sangue se agitar incontrolavelmente, como água fervendo. Dei-me conta de que meu autocontrole de nada adiantaria. O crime de uma mulher que se apossa do marido de outra e a humildade de uma moça de vinte anos recém-casada algum dia deveriam ser postos frente a frente em um tribunal. Chegara a hora. Por fim, extraí de dentro de mim o segredo inviolável guardado por mais de dez anos e o coloquei calmamente diante das flores de cardo.

— Este *haori* está repleto de recordações, não é?

Com uma breve exclamação de espanto, quase inaudível, ela voltou o rosto em minha direção e eu fixei o olhar em seus olhos. E não o desviei. Porque, obviamente, era ela quem deveria fazê-lo.

— Você o trajava quando esteve em Atami com Misugi. Me desculpe. Eu os estava observando naquele dia.

Como eu esperava, num instante sua tez perdeu a cor e os músculos ao redor de sua boca se moveram de maneira disforme — eu realmente senti dessa forma — como se quisesse dizer algo, mas, vendo-se incapaz de pronunciar qualquer palavra, abaixou por fim o rosto, pregando o olhar em suas mãos brancas pousadas sobre os joelhos.

Nesse momento, como se recebesse uma chuveirada súbita e refrescante, senti-me como se por mais de dez anos houvesse vivido à espera daquele instante. E uma parte de meu coração experimentava um tipo de indizível tristeza ao ver uma das duas conclusões se aproximar nitidamente de mim. Permaneci assim durante longo tempo. Bastava ficar ali sentada, criando raízes. Como ela gostaria de sumir, apenas desaparecer! Não sei o que ela pensava, mas após algum tempo ergueu o rosto pálido como cera e me fitou com calma e firmeza. Naquele momento senti que ela morreria. A morte saltou para dentro dela naquele instante. De outro modo, ela não poderia exibir tamanha serenidade nos olhos. O jardim foi coberto pela sombra para logo clarear outra vez. O som do piano na casa vizinha se interrompeu bruscamente.

— Não se preocupe. Não estou aqui para julgá-la. Dou-lhe meu marido de presente.

Dito isso, levantei-me, fui à varanda pegar as rosas brancas que tinha lhe trazido, coloquei-as num jarro sobre a estante de livros, arranjando-as um pouco, depois fixei meu olhar em sua nuca estreita, que se mantinha cabisbaixa. Imaginei que aquela seria a última vez que a veria (que terrível premonição a minha) e disse:

— Realmente não há com o que se preocupar. Afinal, eu também a enganei durante mais de dez anos. Estamos quites.

E então, sem querer, pus-me a rir baixinho. Mas que silêncio admirável era o dela. Do início ao fim, não proferiu sequer uma palavra, permaneceu sentada tão quieta que parecia nem mesmo respirar. O julgamento terminara. Depois disso, ela estava livre para agir como bem lhe conviesse.

Então, arrumando o quimono com um gesto esmerado, saí rapidamente do quarto.

"Midori!", ouvi pela primeira vez naquele dia, mas segui pelo corredor sem me voltar.

— Tia, como a senhora está pálida!

Cruzei no corredor com Shoko, que trazia chá, e advertida por ela percebi que minha face também estava descorada.

Deve entender agora porque sinto que preciso me divorciar de você, ou melhor, porque você precisa se divorciar de mim. Escrevi um monte de coisas rudes, mas sem dúvida nosso triste consórcio de mais de dez anos parece ter chegado a seu momento final. Creio ter escrito tudo o que desejava lhe dizer. Se possível, peço que envie sua resposta concordando com o divórcio enquanto ainda estiver em Izu.

Ah, ia me esquecendo. Por último, vou lhe dar uma notícia rara. Hoje, pela primeira vez em muitos anos, fiz a faxina em seu gabinete no lugar da criada. Impressionei-me com a tranquilidade de seu interior. O sofá é confortável e o vaso Ninsei sobre a estante de livros, como uma única flor ardente, produz um efeito belíssimo. Escrevi esta carta em seu gabinete. O Gauguin não combina bem com o estilo do aposento e, se concordar, eu o levarei para decorar a casa de Yase, por isso o tirei da parede e substituí por uma cena de neve de Vlaminck. Depois, arranjei o interior de seu guarda-roupas, colocando para cada terno de inverno uma gravata de minha preferência. Espero que goste delas.

A carta de Saiko
(póstuma)

❦

Quando você estiver lendo esta carta, já não estarei mais aqui. Ignoro o que seja a morte, mas de qualquer modo estou certa de que minhas alegrias, sofrimentos e apreensões não mais existirão neste mundo. As muitas lembranças de você e outras tantas de Shoko que brotam sucessivamente desaparecerão deste planeta. Meu corpo, alma, tudo sumirá.

Apesar disso, você lerá esta carta muitas horas, muitos dias depois de eu morrer. Ela lhe transmitirá então as inúmeras lembranças que eu tive ainda viva. Em nada diferirá de quando eu vivia: esta carta será uma conversa sobre vários pensamentos e lembranças que lhe são desconhecidos. E, como se conversasse comigo, você prestará atenção a seu conteúdo, irá se surpreender, entristecer, ralhar comigo. Certamente você não chorará. Porém, fará uma expressão de grande tristeza que só eu conheço (nem mesmo Midori jamais a viu) e dirá: "Não fale bobagem." Vejo nitidamente seu rosto e ouço sua voz.

Assim, mesmo eu estando morta, minha vida estará presente no conteúdo desta carta até que você termine de lê-la; ao abri-la, no instante em que puser os olhos sobre a primeira palavra, voltarei a me animar, e quando tiver acabado de ler a última, quinze ou vinte minutos depois, minha vida fluirá por todos os cantos de seu corpo, como quando eu estava viva, preenchendo seu coração com várias lembranças. Como é curiosa uma carta póstuma. Desejo com toda sinceridade oferecer-lhe meu mais verdadeiro eu, ainda que seja nessa vida de quinze ou vinte minutos contida nesta carta, sim, mesmo sendo tão breve. É terrível dizer algo assim numa hora dessas, porém sinto nunca ter lhe revelado este "eu" real enquanto vivia. Quem escreve esta carta é meu verdadeiro eu. Sim, apenas eu, que a escrevo, sou meu verdadeiro eu. Definitivamente.

Ainda está em meus olhos a beleza das folhas avermelhadas do monte Tennozan, em Yamazaki, lavadas pelos aguaceiros de final de outono. Como podem ser tão belas? Esperando a chuva passar sob os beirais do velho portal da famosa casa de chá Myokian, em frente à estação, nós dois ficamos sem ar ao contemplar o monte Tennozan, imenso diante de nossos olhos, erguendo-se em brusca inclinação logo atrás da estação. Seria uma brincadeira caprichosa por ser novembro e perto do anoitecer? Ou seriam artimanhas do clima especial daquela tarde de final de outono em que a chuva cessou e recomeçou repetidas vezes? A beleza colorida de todo o monte, como num sonho, chegava realmente a nos dar medo de galgá-lo. Passados treze anos daquele dia, ainda hoje recordo a beleza emocionante das folhagens.

Naquele dia tivemos pela primeira vez um tempo só nosso. Desde manhã você me levara a todos os subúrbios de Kyoto e eu estava exausta de corpo e mente. Você decerto também estava cansado. Ao subirmos o monte por uma trilha íngreme e estreita, dizia coisas absurdas: "Amor é obsessão. Não há problema se eu me tornar obcecado por uma xícara de chá. Sendo assim, qual o problema se eu me obcecar por você? Apenas nós dois vimos o lindo monte Tennozan com suas folhas avermelhadas. Acabamos vendo-o juntos, só nós dois. Impossível voltar atrás." Parecia a chantagem de uma criança mimada.

Como num empurrão, essas suas palavras tolas e desesperadas de súbito puseram abaixo meu coração, que durante todo aquele dia estivera tenso, tentando se afastar de você. A tristeza incoerente de suas palavras violentas e intimidadoras fez cristalizar por todo meu corpo, semelhante a uma flor, a felicidade feminina de ser amada.

Como foi fácil perdoar minha própria infidelidade, eu que era incapaz de perdoar a falha de meu marido Kadota.

"Vamos nos tornar pecadores."

Foi no hotel Atami que pela primeira vez você usou a palavra "pecador". Lembra das janelas corrediças voltadas para o mar, fazendo barulho ininterrupto durante toda a noite por causa da ventania? Quando de madrugada você as abriu para fazer cessar o barulho, vimos um navio pesqueiro ardendo em chamas vermelhas, como se o tivessem usado para uma fogueira. Apesar de muitas pessoas certamente correrem risco, não sentíamos nenhum horror, já que em nossos olhos só a beleza se refletia. Porém, ao fechar a janela, de repente uma angústia tomou conta de mim. Imediatamente voltei a abri-la, mas o barco queimara por completo e não se via mais sinal de fogo sobre a negra superfície do mar, que se estendia mortiça e serena.

Até aquela noite meu coração se esforçava para se separar de você. Contudo, depois de ver o incêndio do barco, minha cabeça foi dominada de modo estranho pelos desígnios do destino. Quando você propôs que nos tornássemos pecadores e enganássemos Midori por toda a vida, respondi sem hesitar que, se nos tornaríamos pecadores, então que fôssemos grandes pecadores. Disse-lhe que deveríamos enganar não só Midori, mas toda a sociedade. E naquela noite, quando começamos a manter nossos encontros secretos, consegui então pela primeira vez dormir profundamente.

Naquela noite, dentro do barco que ardeu em chamas sobre o mar sem que ninguém soubesse, vislumbrei o destino de nosso improvável amor. Escrevendo agora esta carta, em meus olhos se descortina a cena vívida da embarcação incendiada, luminosa na escuridão. O que vi naquela noite na superfície do mar foi sem dúvida o breve tormento, convulsivo e mundano, da vida de uma mulher.

Contudo, perder-se em recordações não levará a lugar nenhum. Embora os treze anos que assim começaram tenham trazido sofrimento e angústia, acredito ter sido a pessoa mais feliz do mundo. Fui constantemente embalada e acariciada por seu enorme amor e minha felicidade chegava a ser excessiva.

Durante o dia passei os olhos pelas páginas de meu diário. Notei a frequência exagerada com que apareciam as palavras "morte", "pecado" e "amor", fazendo-me recordar que não foi fácil o caminho trilhado junto a você, porém senti o peso da felicidade ao colocar o diário na palma da mão. Pecado, pecado, pecado: fui perseguida pela sensação contínua de pecado e diariamente fitei a visão fantasmagórica da morte — "quando Midori descobrir, deverei morrer; quando ela souber eu me desculparei morrendo" —, mas mesmo assim minha felicidade era enorme e inestimável.

Quem poderia imaginar a existência de outro *eu* em mim? (Talvez você ache pedante esse meu jeito de falar, mas não saberia como me expressar de outra forma). Sim, existe. Dentro da mulher que sou, morava outra que eu mesma desconhecia. Essa outra você não conhece e nem em sonho poderia imaginar.

Uma vez você disse que todos os seres humanos carregam uma cobra dentro de si. Foi quando se encontrou com o doutor Takeda, do Departamento de Ciências da Universidade de Kyoto. Enquanto você estava com o doutor, eu passava o tempo a um canto do longo corredor daquele prédio sombrio de tijolos vermelhos examinando um a um os espécimes de cobras expostos em vidros. Por isso, quando você saiu da sala, passada cerca de meia hora, eu me sentia um pouco mal, afetada pelas cobras. Então, admirando os espécimes expostos, você brincou: "Esta é Saiko, esta é Midori, este sou eu: todo ser humano carrega uma cobra dentro de si, portanto não há razão para ter medo." A cobra de Midori era sépia, miúda e provinha do sul da Ásia, e a que você atribuiu a mim era uma pequena cobra australiana, repleta de pintas brancas pelo corpo, e tinha a cabeça pontuda em formato de broca. Qual era sua intenção ao dizer aquilo? Nunca mais tocou no assunto, mas essa conversa ficou curiosamente gravada em minha mente e, mais tarde, às vezes pensava sozinha sobre o que seria essa cobra dentro dos seres humanos. Às vezes achava que era o egoísmo, às vezes a inveja, às vezes a fatalidade.

Até hoje ignoro o que seria essa cobra, mas, de qualquer modo, como você bem disse naquele momento, sem dúvida uma cobra habitava meu interior. Hoje, pela primeira vez, ela se revelou para mim. O outro eu, aquele que me é desconhecido, não pode ser chamado de outra forma senão de cobra.

Isso ocorreu hoje à tarde. Midori veio me visitar e eu estava usando aquele *haori* azul-acinzentado de Yuki, que você mandou fazer para mim em Mito e era meu predileto quando jovem. Quando entrou no quarto, ao pôr os olhos sobre o *haori* pareceu surpresa, interrompeu o que ia dizer e permaneceu sentada em silêncio por algum tempo. Imaginei que até mesmo Midori ficara pasma com meu quimono excêntrico, e se calara para fazer troça comigo. Foi então que ela disse, lançando-me de relance um olhar estranhamente frio:

— Esse é o *haori* que você trajava quando esteve em Atami com Misugi. Naquele dia eu os estava observando.

Seu rosto estava incrivelmente lívido e com ar obstinado, suas palavras me fizeram sentir como se fosse apunhalada.

Por um instante não pude compreender o significado das palavras de Midori. Contudo, quando finalmente me dei conta da magnitude do que dissera, ajeitei instintivamente a frente do quimono e senti que precisava endireitar a postura. "Ela sabia de tudo, desde aquela época!", pensei.

Curiosamente eu estava calma, como se contemplasse ao entardecer a maré vindo de longe dar na praia. Senti vontade de tomar-lhe a mão e consolá-la dizendo: "Ah, então você sabia. Sabia de tudo." O instante que durante tanto tempo eu temera finalmente chegara, mas eu não sentia nem vestígio de medo. Era como se um ruído de ondas calmas batendo na praia preenchesse o espaço entre nós duas. O véu que cobria o segredo de treze anos entre nós fora cruelmente arrancado, e o que encontrei não foi a morte que eu tanto imaginara, mas, como explicar?, um repouso calmo e tranquilo, sim, uma espécie de estranho descanso. Senti-me aliviada. O fardo pesado e sombrio que por tanto tempo carreguei nos ombros fora removido e em seu lugar ficou apenas um comovente vácuo de sentimentos. Sentia que tinha muitas coisas em que pensar. Nada sombrio, triste ou horrível, mas algo vasto, vazio, e ainda assim calmo e satisfeito. Estava inebriada por um tipo de êxtase ao qual bem se podia chamar de emancipação. Sentada boquiaberta de estupefação, fitava os olhos de Midori (e, no entanto, nada via). Não ouvia nada do que ela dizia.

Quando dei por mim, ela já tinha saído do quarto e ganhava o corredor com passos desordenados.

— Midori!

Chamei seu nome. Por que terei gritado para fazê-la parar? Nem eu mesma sei. Talvez desejasse que ela continuasse sentada diante de mim por muito tempo, quiçá para sempre. Se ela retornasse, com o coração aberto e sem afetações, eu lhe teria perguntado:

— Você não poderia me entregar Misugi formalmente?

Ou, quem sabe, com a mesma sinceridade talvez declarasse exatamente o oposto:

— Chegou o momento de lhe devolver Misugi.

Não posso adivinhar quais palavras teria dito. O fato é que Midori não voltou.

"Se Midori descobrir, eu morro!" Que imaginação ridícula a minha. Pecado, pecado, pecado: como era vazia minha consciência do pecado. Uma pessoa que vendeu a alma ao demônio só teria como alternativa ser ela própria um demônio? Teria eu durante treze anos enganado a Deus e até mesmo a mim?

Depois disso dormi profundamente. Quando Shoko me acordou, todas as articulações de meu corpo doíam a ponto de não poder me mover, como se todo o cansaço de treze anos houvesse surgido de uma vez. Percebi meu tio de Akashi sentado ao lado de meu travesseiro. Meu tio, que você chegou a conhecer, trabalha em uma empreiteira e, como estava indo a Osaka a negócios, passou para uma visita rápida de cerca de meia-hora. Depois de uma conversa corriqueira logo partiu. Mas, enquanto amarrava os sapatos no vestíbulo, disse:

— Kadota se casou recentemente.

Kadota: há anos não ouvia esse nome. É evidente que ele se referia a meu ex-marido Riichiro Kadota. Meu tio o dissera casualmente, porém suas palavras tiveram forte efeito sobre mim.

— Quando? — minha voz estava tão trêmula que eu mesma podia perceber.

— Há um ou dois meses. Dizem que construiu uma casa próxima ao hospital de Hyogo.

— É mesmo?

Foi tudo o que pude dizer.

Após a partida de meu tio, percorri o corredor devagar, passo a passo, mas no meio do caminho, segurando-me no pilar da sala de estar, fui acometida por uma vertigem, como se meu corpo fosse tombar. Instintivamente coloquei mais força na mão que segurava a pilastra e, ainda de pé, olhei pela janela o exterior, onde, a despeito das árvores balançando ao vento, pairava um terrível silêncio, como o de um mundo aquático visto através dos vidros de um aquário.

— Ah, não aguento mais.

Não havia notado que Shoko estava ali. Ouvindo essas palavras que escaparam de minha boca, cujo sentido eu própria desconhecia, disse:

— Não aguenta o quê?

— Nem eu mesma sei.

Ouvi um riso abafado e Shoko pousou sua mão delicadamente em minhas costas para me apoiar.

— Pare de dizer coisas sem sentido, volte para a cama.

Incentivada por Shoko, caminhei com relativa tranquilidade até a cama, mas ao me sentar senti que tudo à minha volta se despedaçava de uma só vez, como uma barragem que se rompe. Sentei-me reclinada com uma das mãos sobre o *futon*, controlando-me enquanto Shoko estava ali, mas assim que ela saiu as lágrimas me escorreram pela face como se a espremesse.

Até aquele momento, nunca imaginara que a mera notícia do casamento de Kadota pudesse me causar tão grande impacto. Afinal, o que isso significava para mim? Nao me recordo quanto tempo passou depois disso. Pude ver pela janela Shoko no jardim queimando folhas mortas. O sol já se havia posto e era o entardecer mais sereno que jamais presenciei.

— Ah, você já acendeu o fogo! — exclamei em voz baixa, sentindo como se aquilo fosse algo conhecido e planejado.

Levantei-me e fui buscar meu diário no fundo de uma gaveta da escrivaninha. Shoko queimava as folhas mortas no jardim para colocar fogo em meu diário: não havia por que ser diferente, pensei. Saí à varanda segurando o caderno, sentei-me na cadeira de vime e por algum tempo li partes dele. Um diário repleto das palavras "pecado", "morte" e "amor". O registro da confissão da pecadora. As palavras "pecado", "morte" e "amor" cinzeladas uma a uma durante treze anos perderam por completo o cálido esplendor que possuíam até o dia anterior e estavam prontas para subir aos céus com a fumaça arroxeada das folhas das árvores que Shoko estava queimando.

Quando entreguei a Shoko o diário, decidi morrer. Percebi que era chegada a hora. Talvez não seja tão apropriado dizer que eu havia decidido morrer, mas sim que perdera a força de viver.

Kadota sempre viveu sozinho, desde que se separou de mim. Isso apenas porque faltaram-lhe oportunidades para um novo matrimônio, por ter ido estudar no exterior ou por ter sido enviado à guerra no sul da Ásia; mas, de qualquer modo, ele não tivera uma esposa desde que nos separamos. Agora percebo o enorme e invisível esteio que representou para mim como mulher o fato de ele continuar solteiro. Mesmo falando assim, desejo que você acredite que, após nossa separação, fora ter ouvido alguma fofoca fragmentada sobre ele de algum parente de Akashi, nunca me encontrei com Kadota nem tive essa intenção. Passaram-se anos sem que eu me lembrasse do nome dele.

Anoiteceu. Depois que Shoko e a criada se retiraram para seus aposentos peguei um álbum da estante. Ele continha duas dezenas de fotos minhas e de Kadota.

Certo dia, há muitos anos, Shoko me disse:

— As fotos suas e de papai estão dispostas de modo que vocês sempre ficam de frente um para o outro.

Levei um susto. Shoko disse aquilo despretensiosamente, mas ao ouvi-la percebi que as fotos de quando eu e meu marido éramos ainda recém-casados estavam por coincidência coladas em páginas opostas, de modo que, ao fechar o álbum, nossos rostos se encontravam. Naquele momento, exclamei:

— Ora, não diga besteira!

Assim se encerrou o assunto, mas a observação de Shoko permaneceu gravada para sempre em meu coração e pelo menos uma vez ao ano, em momentos estranhos, voltava-me à lembrança. Entretanto, não retirei as fotos nem mudei sua disposição, estão assim até hoje. Pensei que havia chegado o dia de arrancá-las. Removi as fotos de Kadota desse álbum e coloquei-as dentro do álbum vermelho de Shoko, para que ela possa conservar por muito tempo a imagem do pai quando jovem.

O outro eu, até para mim desconhecido, era esse tipo de pessoa. Desta forma, a pequena cobra australiana que você certa vez afirmou se alojar secretamente dentro de mim mostrou esta manhã seu corpo de diminutas pintas brancas. Falando nisso, será que a cobrinha sépia sul-asiática de Midori engoliu nosso segredo de Atami com sua língua vermelha como fogo e durante treze anos fingiu ignorância?

O que seria essa cobra que todos possuímos? Egoísmo, inveja, fatalidade, ou quem sabe algo que engloba tudo isso e escapa ao nosso controle, como um carma? É uma pena já não haver oportunidade para que você me explique isso. No entanto, como é triste essa cobra que os seres humanos têm em si. Lembro-me de ter lido num livro a expressão "a tristeza da vida", e ao escrever esta carta sinto meu coração roçar essa coisa irremediável, melancólica e fria. Ah, o que será essa coisa insuportavelmente desagradável e insuportavelmente triste que os seres humanos possuem?

Escrevi até este ponto e percebo que ainda não lhe ofereci meu verdadeiro *eu*. A decisão que tomei ao pegar a pena para escrever esta carta às vezes se enfraquece, e pareço estar fugindo e fugindo a todo custo de algo horrível.

Meu outro eu desconhecido: que forma respeitável de se justificar! Disse que hoje pela primeira vez me dei conta da pequena cobra que vive em meu corpo. Admiti que hoje ela apareceu pela primeira vez.

Mentira. Afirmar isso é pura falsidade. Devo ter percebido sua existência há tempos.

Ah, meu peito parece explodir ao recordar a noite de 6 de agosto, quando a região de Osaka e Kobe transformou-se num mar de fogo. Shoko e eu passamos toda aquela noite no abrigo antiaéreo que você construiu, e quando o ruído dos B-29 espalhou-se outra vez pelo céu sobre nossas cabeças de súbito senti-me lançada para dentro de uma solidão incontrolável e vazia. Uma solidão indescritível e deprimente. Era simplesmente solitário demais. Por fim, sentindo não poder continuar quieta, sentada, com relutância decidi sair do abrigo. E você estava de pé do lado de fora.

De leste a oeste todo o céu estava rubro. Apesar das labaredas que começavam a se erguer nas vizinhanças de sua casa, você correu até onde eu estava e ficou parado à entrada de nosso abrigo antiaéreo. Depois disso, voltei com você para o interior do abrigo, mas ao entrar lá comecei a chorar. Aparentemente você e Shoko atribuíram esse acesso de histeria ao medo excessivo. Não pude explicar o que senti naquele momento, nem na hora, nem depois.

Perdoe-me. Naquele momento, envolvida por seu amor maior do que eu merecia, eu também desejava, assim como você, que veio até nosso abrigo, postar-me de pé diante do abrigo do hospital de Kadota, em Hyogo, com suas paredes limpas pintadas de branco, que eu vira uma única vez da janela de um trem. Embora meu corpo tremesse por esse desejo avassalador, soluçando eu o reprimia desesperadamente.

Todavia, essa não foi a primeira vez que notei esse aspecto existente em mim. Há alguns anos, quando no prédio da Universidade de Kyoto você me disse que eu possuía uma cobrinha branca, fiquei petrificada de espanto. Nunca senti tanto receio de seus olhos como naquele momento. Talvez suas palavras fossem destituídas de um significado mais profundo, mas senti meu corpo encolher de vergonha, com a impressão de que seu olhar me atravessava. Até a desagradável sensação de náusea à exposição de cobras verdadeiras acabou desaparecendo por completo. Quando olhei receosa para seu rosto, você estava distraído, parecendo contemplar algum lugar longínquo com seu cachimbo apagado na boca, algo incomum para você. Talvez fosse apenas impressão minha, mas essa foi a expressão mais vazia que eu jamais vi em seu rosto. Porém, ela durou apenas um instante, e, quando você se voltou para mim, já exibia sua terna expressão habitual.

Até então eu nunca apreendera nitidamente o outro eu existente em mim, mas desde que você o nomeou, comecei a pensar nele como uma cobrinha branca. Naquela noite, escrevi sobre ela no diário. Pequena cobra branca, pequena cobra branca, muitas e muitas vezes. Alinhando as mesmas palavras interminavelmente em uma página, surgiu em minha mente a figura da cobrinha como se fosse um ornamento, toda enroscada em círculos apertados, que diminuíam à medida que se aproximavam do topo, onde uma cabeça pontiaguda à semelhança de uma pequena broca se erguia ereta em direção ao céu. Pelo menos era um alívio imaginar que esta coisa horrível e desagradável que eu possuía se apresentasse sob uma forma tão límpida, expressando a tristeza e a intensidade de uma mulher. "Mesmo

Deus julgaria a figura dessa cobra enternecedora e pungente. Ele certamente se compadeceria", cheguei a pensar de modo egoísta. E a partir daquela noite senti que era uma pecadora ainda maior.

É isso. Uma vez que escrevi até aqui, vou revelar tudo. Por favor, não se zangue. Refiro-me àquela noite de vento forte no hotel Atami, treze anos atrás, em que para cultivar nosso amor nos sobreveio o desejo ardente e pecaminoso de enganar a todos.

Naquela noite, depois de termos trocado aquela jura de amor ultrajante, sem mais nada a dizer, estendemo-nos de costas sobre o lençol bem engomado, calados todo o tempo e contemplando a escuridão diante de nossos olhos. Jamais um momento de serenidade como aquele me causara uma emoção tão estranhamente profunda. Terá sido um período de cinco ou seis minutos apenas? Ou teremos permanecido daquele modo, em silêncio, por meia-hora? Ou uma hora?

Naquele momento eu estava completamente só. Alheia a você, também estirado na cama ao meu lado, abraçava minha alma solitária. Em um momento que deveria ser para nós de supremo explendor, quando pela primeira vez se formava uma espécie de linha de batalha comum e secreta de nosso amor, por que terei caído naquela irremediável solidão?

Naquela noite você tomou a decisão de enganar todas as pessoas do mundo. Contudo, a mim você certamente não tinha intenção de enganar, não é? Apesar disso, naquele momento eu de modo algum o considerei uma exceção. A ideia de passar toda uma longa vida, essa que me fora atribuída, enganando Midori, todas as pessoas do mundo, você e até eu mesma ardia como um fogo-fátuo bruxuleante no fundo de minha alma solitária.

Precisava a todo custo romper em definitivo a obsessão por Kadota, que já não sabia dizer se era amor ou ódio. Isso porque de maneira alguma poderia perdoar-lhe a infidelidade, independente do que o tivesse levado a cometê-la. E, para conseguir esse rompimento, não importava o que me acontecesse ou como deveria agir. Vivia angustiada. Todo meu corpo clamava apenas por algo capaz de sufocar a angústia.

Ah, que absurdo! Treze anos se passaram e nada mudou desde aquela noite.

Amar, ser amado: como são tristes nossos atos. Quando eu estava no segundo ou terceiro ano da escola feminina, em um teste de gramática inglesa havia perguntas sobre as vozes ativa e passiva dos verbos. Atacar, ser atacado, ver, ser visto: misturado entre tantos vocábulos, estava o par ofuscante "amar, ser amado". Enquanto todas encarávamos as perguntas mordendo o lápis, talvez por mera travessura um pedaço de papel circulou discretamente vindo do fundo da sala. Havia nele duas perguntas: "Você deseja amar?", "Você deseja ser amada?" E, embora abaixo da pergunta "Você deseja ser amada?" houvesse diversos círculos, feitos a caneta, lápis azul ou vermelho, na coluna "Você deseja amar?" não se via uma marca sequer de alguma simpatizante. Eu também não fui exceção e abaixo do "Você deseja ser amada?" acrescentei um círculo miúdo. Mesmo aos dezesseis ou dezessete anos, desconhecendo os pormenores do significado de amar ou ser amada, já podíamos pressentir instintivamente a felicidade de ser amada.

Apenas a jovem sentada ao meu lado, ao receber de mim o pedaço de papel, olhou-o depressa e quase sem hesitar fez um grande círculo com seu lápis grosso na coluna em branco. Ela desejava amar. Para sempre, lembro-me nitidamente de que naquele momento experimentei por algum motivo certo desagrado pela atitude intransigente da moça e, ao mesmo tempo, uma perplexidade, como se tivesse sido pega desprevenida. As notas dessa moça não eram as melhores da turma, ela era carrancuda e sem atrativos. Ignoro o que se tornou depois de adulta aquela moça de cabelos marrom-avermelhados, sempre solitária, mas, após mais de vinte anos, ao redigir esta carta, por algum motivo lembrei-me várias vezes dela.

Quando ao final da vida as mulheres se deitam em silêncio com o rosto voltado para o muro da morte, a qual delas Deus concederá o repouso tranquilo: àquela que desfrutou da felicidade de ser plenamente amada ou àquela que pode afirmar ter amado, apesar de ter sido pouco feliz? Mas haverá neste mundo alguém que possa asseverar diante de Deus haver amado? Sim, certamente há. Aquela moça de cabelos finos talvez se tenha tornado depois de adulta uma dessas poucas mulheres escolhidas. Com os cabelos desgrenhados, o corpo coberto de feridas e vestindo roupas rotas, a mulher ergueria a cabeça para declarar triunfante: "Eu amei". E depois poderia descansar em paz.

Ah, eu a detesto, quero fugir dela. Contudo, por mais que fuja, seu rosto me persegue, nada posso fazer. Com a morte a apenas algumas poucas horas de mim, o que significa afinal essa apreensão insuportável? Parece descer agora sobre mim o castigo que naturalmente merece a mulher que não suportou o sofrimento de amar e buscou a felicidade de ser amada.

Ao final de treze anos de uma vida feliz e agradável com você, me entristeço por ter de lhe enviar uma carta como esta.

É chegada a hora derradeira, que decerto um dia viria, do navio que se incendeia por completo em pleno mar e soçobra, do qual meu coração jamais se afastou. Estou exausta demais para continuar a viver. Espero ter conseguido com esta carta lhe oferecer meu verdadeiro eu, a imagem de meu eu real. Mesmo sendo uma vida contida em uma breve carta, cuja leitura levará quinze ou vinte minutos, é a minha vida, a vida de Saiko, genuína e sem falsidades.

Por fim, repetirei: os treze anos de nossa vida foram um sonho. Graças a seu constante e enorme amor eu fui feliz. Mais do que qualquer outra pessoa no mundo.

Epílogo

Era tarde da noite quando concluí a leitura dessas três cartas endereçadas a Josuke Misugi. Retirei da gaveta da escrivaninha a carta que ele me havia mandado e a reli. No final dela, ele escrevera: "Comecei a me interessar pela caça há alguns anos, e, diferentemente do homem de vida solitária que sou hoje, há tempos, quando inspirava respeito tanto na vida privada quanto na social, o fuzil de caça passou a ser um objeto imprescindível a meu ombro. Era isso que eu tinha a lhe dizer." À medida que lia e relia aquelas sentenças carregadas de significados, senti algo insuportável e sombrio naquela bela caligrafia de certa singularidade. Parafraseando

Saiko, talvez fosse a cobra que esse homem chamado Misugi possui.

Levantei-me bruscamente, dirigi-me à janela do gabinete voltada para o norte e me pus a contemplar a escura noite de março e as fagulhas azuladas de um trem elétrico a distância. O que representariam afinal aquelas três cartas para Misugi? O que teria ele aprendido com elas? Teria ele realmente descoberto com elas algo novo? Será que ele não conhecia há tempos o verdadeiro caráter das cobras de Midori e de Saiko?

Permaneci por um longo período de pé à beira da janela recebendo no rosto o ar frio noturno. Parecia experimentar uma leve embriaguez em algum lugar de meu espírito. Apoiei as mãos no caixilho da janela e, sem nenhuma razão em particular, contemplei a escuridão do estreito pátio interno abaixo, com suas densas árvores, imaginando que fosse aquilo o que Misugi chamara de seu "leito branco de rio".

Outras obras de literatura e cultura
japonesa na Editora Estação Liberdade

YASUSHI INOUE
O Castelo de Yodo

NAGAI KAFU
Crônica da estação das chuvas
Histórias da outra margem
Guerra de gueixas

YASUNARI KAWABATA
A casa das belas adormecidas
O país das neves
Mil tsurus
Kyoto
Contos da palma da mão

A dançarina de Izu
O som da montanha
O lago
O mestre de go
A Gangue Escarlate de Asakusa
Beleza e tristeza

SHUICHI KATO
Tempo e espaço na cultura japonesa

HIROMI KAWAKAMI
Quinquilharias Nakano
A valise do professor

NATSUME SOSEKI
Eu sou um gato
E depois
O portal
Sanshiro
Botchan

EIJI YOSHIKAWA
Musashi

WILLIAM SCOTT WILSON
O samurai – A vida de Miyamoto Musashi

JUN'ICHIRO TANIZAKI
As irmãs Makioka
Diário de um velho louco
A gata, um homem e duas mulheres, seguido de *O cortador de juncos*
A Ponte Flutuante dos Sonhos, seguido de *Retrato de Shunkin*

SHINJI TSUCHIMOCHI
100 vistas de Tóquio

MASUJI IBUSE
Chuva Negra

ALEXANDRE KISHIMOTO
Cinema Japonês na Liberdade

YOKO OGAWA
A fórmula preferida do Professor
O museu do silêncio

A polícia da memória
A piscina; Diário de gravidez; Dormitório: três novelas

YASUNARI KAWABATA E YUKIO MISHIMA
Kawabata-Mishima Correspondência 1945-1970

SAYAKA MURATA
Querida konbini
Terráqueos

OTOHIKO KAGA
Vento leste

YUKIO MISHIMA
Vida à venda
O marinheiro que perdeu as graças do mar
A escola da carne

KENZABURO OE
A substituição ou As regras do tagame
Adeus, meu livro!

EIKO KADONO
Entregas expressas da Kiki

OSAMU DAZAI
Declínio de um homem
Mulheres

BANANA YOSHIMOTO
Tsugumi
Doce amanhã

KOBO ABE
A mulher das dunas

ESTE LIVRO FOI COMPOSTO EM GATINEAU 11,9/19,6 E
IMPRESSO SOBRE PAPEL PÓLEN BOLD 90 g/m² NAS
OFICINAS DA RETTEC ARTES GRÁFICAS E EDITORA,
SÃO PAULO — SP, EM FEVEREIRO DE 2024